遠涯

矢田重吉
JUKICHI YADA

幻冬舎 MC

遠涯

（一）

追憶を持つ丈では何のたしにもなりはしない。つぎにはそれを忘却する事ができねばならぬであろう。追憶がわたしたちの血となり眼となり表情となり名前の分らぬものとなり最早、わたしたち自身と区別する事ができなくなって、初めて、ふとした偶然に一篇の詩がぽっかり生れ得たら……。

R・M・リルケ

カラカンダから奥地へ約四十粁涯しなく続く丘陵中の一盆地にあるスパスク療養所へ送られてとある日。保は軍医の一人に医務室に来ないかと呼ばれた。

満州からずっと一緒の独立野戦照空隊長、磯村中尉は「此処に居れば休んで居られるのだ。病院勤めはとてもお前の体では持つまい、いかん」と云われても何日か栄養失調が癒れば又カラカンダへ帰され煉瓦、建築作業いや屹度今度こそは炭坑へ入れられるであろう、その次は死と決めこんでいる保は医務室で働けばカラカンダへ行かずとも済むといふ言葉に誘われ、此時許りは隊長に反対して行く事にした。

此処スパスクはカラカンダ地区の捕虜療養所で集まる者も独乙人はじめルーマニア、ユーゴーといった今次大戦に捲きこまれ敗れた大小国各人種の寄合で地図を見なければピンと来ぬアルバニア人も居た。人数も独乙人が圧倒的に多くそれ丈に医務室も今迄の通訳が原因不明で失明した後、軍医達は困り抜いて生囓りの独乙語を話す保に目をつけたのである。

二万余坪の敷地を三重の鉄柵で囲んだ中に第一病棟から第七迄あり、第一から第五迄の院長は独乙人、第六は日本人、第七は日本及独乙人に別れ、第一は外科、第二は結核三期、第四は内臓疾患、第六は肺浸潤、第七は皮膚、精神病となって居り医務室で夫々診断して各病棟へ入院させる手前、如何しても外国語を弁(わきま)える必要があり、将又医務室はソ連監督下に日本、独乙人用に区切られ、より長い捕虜生活で身に着いた要領のよさと先天的な自尊心から食堂の作法迄一々面と向って注意しそれでいながらパンを盗み*G・P・Uに密告する卑屈な独乙人との間に兎角問題を起し勝ちな処でもあった。

一九四六年の中頃であった。保は隊長と別れ破れた文庫版の『女の一生』二十頁と奉天で拾った独乙語参考書、ボロ布、独乙人から万年筆と交換したニッケルスプーンを背嚢に入れ、うらに防寒靴下と手袋をぬい隠した綿入上衣を着てヒョロヒョロとバラックから出た。

日本人は山下軍医、保そして大川という衛生兵、独乙人はドクターブルンク、シェシャルク、フェルチャーオーネゾルゲそしてハンツ。

保が初めに仲好くなったのはハンツだった。顔の赤い、生毛が顔一面に生えている少年で、誰も居らぬと保達の部屋へそうっと入って来て、我が独乙は未だヒットラーが生きている。只スペインへ逃避している丈だ。今に今に立上ってソ連に復讐

*G.P.U.
旧ソ連KGBの前身。連邦政治警察

するのだと瞳を輝かして何の返事もせぬ保に話すのだった。かと思えば医療具を並べながら「保のお昼は何だった。僕は又水スープと黒パンだよ。それなのにドクターはケーキとドロドロ脂の浮いたスープなんだ、痩せちゃうさ。でも家へ還るんだ。家では十分食べられ又ヒットラーユーゲントになれるんだ」。まだハンツは十七才なのだ。

短い夏も過ぎ去り再び雪のふり始める九月の中ごろの朝、床洗いしている保の処へブルンクが、「誕生日おめでとう」と机の上に粉たばこを山盛りくれ、シェシャルクは毎日陽の当る窓際をあちこち移して赤く成るのを楽しみにしていた小さなトマトを三つ四つくれた。彼等に何日ぞや、話しついでに語った保の誕生日を覚えていてくれたのだ。

保がひそかに鬼瓦とあだ名していたブルンクは見上げる様な大男で、真赤な顔のたくましい体つきに似合わず、耳許で囁く様に話するドクターで、保が仕事が終ってからボンヤリ一本の木もない遥かな丘陵の彼方へ夕陽が落ちて行くのを見ているとブルンクが「今夜は特別音楽会がある、さあ之が切符だ」と飯ごうを潰して造った豚の絵が彫ってある小さなニッケル片をよく手に握らせてくれた。特別音楽会は月に一、二回ソ連人、捕虜幹部を招いての演奏会で保たちは到底行けるものではないのにいつも余計切符を確保してくれた。

収容所には小さなクラブがあり演劇映画も時偶やっていた。

幕が上ると、元ベルリンフィルハーモニーの第一ヴァイオリニスト今は食堂コックのヴァイオリン、第四病棟ドクターのギター、入浴場釜番のチェロ、ベルリンオリンピック開会の際トランペットを吹き、その英姿を民族の祭典に撮られた四病棟炊事番のトランペットといったメンバーで殺伐な日々の生活も此の時許りは夫々の国の劇場にいる様に品振り靴をランプの煤や炊事場からくすねたヘット（牛脂）で磨き、髪をきれいに分けて寄合った。最後に哀愁を帯びた〝星輝く君が故里〟といった調子の歌を皆椅子の上に肩を組合い左右に体を振って保もうろ覚えの独乙語で合唱し、少時の間、郷愁にひたり涙ぐんだりした。この時の独乙人が普段の独乙人であったらもっと愛す事が出来たであろう。彼等は歌を歌い終ると全くの別人になるのかと思われる程なのだ。その中でブルンク、シェシャルク、保がまだバラックに居るころ、トーマス・マンを読んでもらったドクターシュミットは選ばれた少数者だった。

シュミットはいつも口許に笑みを浮かべ、毎日の無聊(ぶりょう)から独乙語を教えてくれと強引に訪れた保を二病棟の植込みのベンチに坐らせ、トーマス・マンをテキストにしてどんなに保が間の抜けた答えをしても何度もくり返しベニヤ板に書いては消し、果ては絵まで書いて呑みこませてくれた。感興わけば女装して白いストッキングの足をふり、ダンスして見せたりしたが、保の怠慢からいつかこの勉強もやめてしまった。

保達にはまだ国との交通は許されなかったが欧州人は年数回の手紙を書く事ができた。ブルンクへケムニッツから便りがあると保だけに見せようと読ませてくれた。それは小学校当時の女友達からで彼の唯一の弟が発しんチフスで死んだ知らせだった。「ああ之で私も世界でたった一人になってしまった。許婚からは何んの手紙も来ないし」。既に両親のない捕虜生活五年目のブルンクは呟いた。

ドクターシェシャルクはジークフリードというワグナーの楽劇にでる人名と同名で保がそれを知っているのを奇異に思うオーストリアの山中の、梳る毎に残り少くなる頭髪を気にしながら房々としたあごひげをしごく二十八才の青年である。あごひげはクリスマス前ブルンクにみっともないからと云われて取ってしまったが。

オーストリア人なるが故に独乙人からよく思われず、彼はオーストリアは南独乙だと主張してもブルンクは全く別だと蔑視し、又そう云われても仕方ないオーストリア人一般は、一寸した傷にでもすぐ涙をはらはらこぼし、胸や腕に女の顔や蛇の刺青をし数珠玉の様なネックレスをくびにして手放しで泣く人々が多い中に、シェシャルクは少数の一人として孤独にノートを手にしルーマニア語日本語を暗記しながらブルンクが「ドクターらしく椅子に腰かけていなさい」と注意するのもきかず大股に日独両医務室の隅から隅へと往復してもくもくと歩き続けている。

夏、僅か許りの地所を耕作する事が許された時、彼は日曜日毎独りでタバコ、トマト、ヒマワリを育て終日水を運び収穫はブルンクがし、先達て保の誕生日のトマトも捕虜は何も贈る事ができない、只喜び丈だとくれた彼の僅かな収穫の一つであった。

捕虜生活も時候のよい間はまだよい。此処は療養所とは言いながら入院者以外は夏は畑、道普請へ出されるがそれはまだのんびりしたものだが、カラカンダへの唯一の自動車道路の除雪作業が厳寒になり全くソリ以外の交通が杜絶するまで続けられる間は、毎日夥しい凍傷患者が医務室を訪れるのだ。手術途中で麻酔が切れメスで自分の足ゆびをきられているのを見て異様な叫びを上げ、あわを吹き放尿して長椅子から転げ落ち気絶する舊(きゅう)帝国軍人。

何と言っても軍医見習士官が敗戦途次、何時の間にやら軍医少尉になりその下で働く保が全くの素人で看護要典という何処からともなく入った軍隊本を見ながら仕事するとあっては誠実のみがより所なのだ。新しい患者を見れば山下軍医は仲間の処へききに行き、保は仕事後此処と炊事場丈に許された裸電灯を頼りにブルンクから借りた厚い医書を前にして例の独乙語参考書の欄外にちびた鉛筆でメモしてゆく中（うち）に、何のために毎日暮しているのだろうかと捕虜の身もわすれ、早くよいにせよ悪いにせよ、けりをつけてくれんかな。戦友でうまく内地へかえれたのがいるかしら。

当時毛利という満語の上手いのが居て満服を二着手に入れ保に「一緒に逃げ様、奉天には知っている人が沢山居るからどうにでも後はなるさ。船に乗るまでだ。満人に追いかけられたら河へ飛び込むんだ、さあ」と毎晩となり合った毛布にくるまってささやいたがどうせなる様にしかならぬと思っていた保には命をかけて大陸の端まで行く冒険も恐ろしく、かえって彼の逃亡行に反対し、ついに彼もカラカンダまで来てしまったのだが。

敗戦寸前、東京入営以来一緒だった一寸頭の可笑しい、それこそ員数で兵隊に出された塚本が、新京へ転属させられる日の夕べ、兵舎の裏で保に別れたくないと泣いていたふるえる肩のはるか彼方に紫色に煙った峨々とそびえる千山が美しく目に映えた事等を憶出した。

塚本は皆のわらい者ではあったが妙に保になついて居り、高粱畑を練兵場にする時等、春とは言えまだ浅い三月初め防寒帽を被ってチョコレートの様な固い茶色の土塊に鶴はしをあてながら、「さあ塚本、おれについて言うんだ。一つわがくにのぐんたいは。言って見ろ」

「一つええと何だっけな、あんたが言う時はおぼえる様な気がするけどおれの口からは仲々出て来ないんだ」

教官や戦友が彼を馬鹿にするのに感じた若さからの憤りとでもいったものから保は演習作業は、何時も彼と一緒に働いた。軍隊という異常社会へ入った緊張感からか、保は課された学課も二度読めば丸暗記できるのだった。教官、古年兵も保と塚本はいいコンビと思ったのか何んでも一緒にやらせてくれた。だが保も終いにはじれて「お前みたいな奴が兵隊になったのがそもそもの間違いなんだ」と怒鳴るけれどギヤに挟まれて曲った左の人差指を際立たせて頭をかく町工場の工員塚本のかっこうに思わず苦笑して「さあもう一度だ。一つ我国の……」。

小休止の際兵舎脇の煉瓦で囲った喫煙場で一服するが彼は喫わない。「おい喫え」。「だって自分はこんなに頭が悪いのにたばこ丈は一人前にのむ生意気なやつと思われると。保さん、そうでしょう」。塚本には軍隊言葉は使えなかった。無理にしつけてもピントが外れているので彼の地方語には古年兵も大目であった。隊長当番の保はその洗濯、繕い物に追われ、自分の事が出来ぬ日も尠くなく靴集合と消灯点呼前の号令を聞いて再三どきりとし殴られるのを覚悟で整列すると保の靴はちゃんと手入がしてあるのだ。洗濯も同様丸めて整理箱に、かくしておくと洗って又入れてある。塚本に礼を言っても何もいわず笑っている。隊長当番の保は自分の当番もいつしか持つ様になったのである。

塚本は見送る保に何度もふり返り、手をふり、一人銃を担いで下士官につきそわれ高粱畠の風に送られて行ってしまった。

如何したであろう。広瀬はこの間新設された第八病棟へ炭坑から送られて来、「もう駄目です」とロイド眼鏡の奥の眼を瞬かせて死んでいった。幹侯試験で保と席順を争った亀山も雪の積らぬ前にひどい肺結核で死んでしまった。

本も読めなくなり、名前はロマンチックな白夜もいらだたしい長い夜に感じられたが、まだ散歩できたそのころが懐しく、昨日夜半鉄柵わきの小川に佇んでいた金子がモンゴリアンの巡察将校に捕まえられ、営倉入りになったが発狂したのかな等考えながら白く凍てついた窓から真暗な外を眺めていると、ブルンクが音もなくペーチカで顔をいやが上にも火照らせ赤鬼よろしく入って来て「保、ハイムヴェー？（郷愁）おおよくない」。緑のハンケチにつつんだドクター食のドーナツを手ににぎらせ「保、あなたはまだ若い。今に屹度偉くなって独乙に来るでしょう。その時私が会い度いと云っても私の汚ないなりを見て知らないというでしょう。いわない？ああよかった矢張り保だ。お互いにかえったら手紙を出しましょう。トウキョウ、ヤパン。学生保で着きますか。保には姉妹もムッターもある。私は、かえっても誰も迎えてはくれない。許婚からも何も云って来ない、でも私は健康で朗(ほがら)かだ。さあ寝ましょう。もうじきクリスマス。EARLY TO BED AND EARLY TO RISE……」。

両手を保の肩におきそう囁くのだった。

（二）

クリスマスイヴにはブルンクは日本人は保と大川を招待し他にシェシャルク、歯科ドクター十名足らずを集め彼の自室で机にシーツをかけ粉煙草、マッチを入れたブリキ皿、お茶を入れた薬かんを並べ、樅の木に注射薬の入っていたアンプルの周りを白紙で捲き、ケロ芯を差し入れた代用ローソクを下げたクリスマスツリーを置き、部屋の隅に注射薬の函で作った基督降誕の切紙細工を飾り、電灯を消し、お茶を飲み、ブルンクから煙草を入れたハート型のガーゼ袋をプレゼントされ、あかあかと燃えるペーチカを囲んで聖夜等知れる限りの讃美歌を合唱し、楽しかった故国の今晩を偲び合うのだった。保も子供時分目覚めると枕許に置かれてある詰合せ菓子の入った靴下が嬉しく、学校へ行く様になってからは丁度クリスマス前に学期試験が終り、てんでに持帰った通信簿を母、姉妹に見せ合い、姉妹達から色とりどりのリボンに結ばれたプレゼントを贈られた事をそこはかとなく憶い出した。

人間は変ればどんな処ででも生活し得、案外行き詰らぬものだ。

やがて一九四七年春に先駆けてカラカンダからカーチャと呼ぶ十九才の凡そスパスクの他の看護婦とは型の変った若々しい派手なワンピースを着た、黒い瞳の睫毛の長い女性が颯爽と転勤して来た。今迄年かさの仕事の毎に喚き散らす看護婦達へ、相手がソ連人では如何にもならずブツブツ言っていた各病棟のドクターが色めき立ったのも無理はない。保も若し医務室へ配属されたら如何しようと人並に胸を轟（とどろ）かせたが、すべての希望を外処（よそ）に彼女は總監督ドクターで英、独、露、羅、日五ケ國語を辯（わきま）えるオーストリア人メゼーの起居する三病棟で仕事する事になったが他の看護婦同様、毎朝収容所の門を入っても大して仕事もせず、医務室のソ連会議室でドクター達と喋り合い、後は三病棟の植込のベンチに腰を下ろし毎日違ったヴェールを被りワンピースを着、時には藍色のストッキングを穿いて編物をし、たまに医務室へ足でドアを開けて入って來、驚いて不動の姿勢をとる保に「あたしの指環がこわれたから工場へ持って行って頂戴」と玩具の様な赤い石をはめ込んだクローム指環を押しつけて行くのだ。オーネゾルゲが「保、きたないよ。捨てちまえ」とそれまで隠れていた独乙医務室から出てきて呆気にとられて立っている保にたまらぬといった面持で言うのだった。彼はベルリンマヨネーズ会社の社長の独り息子で、海岸に別荘をもっているのが得意な二十五の戦車隊副官である。彼はソ連人が入ってくると何処へともなく姿を消し、居なくなるとひょっこり戻って周章ている保たちを愉快相に笑うその姓の通り心配無しのゾルゲなのだ。彼は栄養失調第三期で二病棟に入院して居たのを英語が話せるのでブルンクに見出され退院後医務室勤務となったがソ連人に対して礼をつくさずロシア語を覚え様ともせず英語、日本語丈を話す態度がブルンクの気に入らぬのか時々ブルンクがソ連人から巻たばこをもらっても保には頒つが彼には与え様とせず保からゾルゲに差し出してもブルンクからと分れば決して取ろうとはしなかった。

冬中、層を為して凍りついた雪氷が徐々にとける頃ともなると作業隊は再び忙しく、ルーマニア将校は白粉をつけるという噂も満更ではあるまいと思われる我が作業隊大隊長ルーマニア人は痩身長軀に所内の洋服工場で仕立てた茶色軍服を着茶色の長靴を履いて白手袋をはめながら、木靴をはき、日、独の上衣、袴をつけた一般捕虜のせん望の目指しを後に作業隊を指揮し門を出で除雪作業や畠へと出かけて行くのが毎朝みられる様になった。

と或る日、ルーマニア大隊長がキャベツ貯蔵場でカーチャとキスしたのをみたとかみないとか、いや、俺が実際見たんだとか話の種に困っている口さがない各国捕虜の口から耳へと伝わり帰国のデマニュースと同じ速度で収容所全部へ拡がっていった。

ルーマニア大隊長は一介の捕虜として炭坑へ、カーチャは鉄柵わきの小川が流氷を滔々と押し流し、おちこちのバラックの屋根から大きな雪塊がずしーんずしーんと落ちる頃ソ連の春の様にあわただしく去ってしまった。

保はその頃ソ連軍医フェルチェンクウからフェルチャーに昇格という命令をも

らった。フェルチャーはドクター助手とでも云うか有難いのは今迄の黒パンが白パンになり、たばこの配給が増し、二十ルーブルの給料が与えられ、白い上被りが着られる事である。保は捕虜が捕虜の為に働いてよい地位が与えられるのだ、これからは日曜も患者が来たら仕事しようと決心したが、保よりも階級が上である軍曹の大川が休みは休みだと主張するのに反対し、どうせお互い捕虜だ、休みも何もあるものかと押し切り、大川も渋々日曜に出て来たが遂に無理が崇ったのかマラリヤに罹り、四十度の高熱に呻吟する身となってしまった。春とはいえ夜は零下二、三十度に下る酷寒に汗を流し、鼻息荒く呻く彼にあんなつまらぬ事で云い合いする前に病気になればよいのにと恨めしく思い乍ら医務室前の凍った雪を靴先で蹴割り、ベッド上の天井から吊した彼の水嚢が瞬時に温くなるのを翌朝迄冷し六病棟へ入院手続きをとった。それでも彼は長すぎるオーバーに寒そうに肩をすくめ星章の戦闘帽を被ってふらふら病院へ出て行く時、保のポケットにこちこちになった黒パンを三つ四つ押し込んで行った。

何時か地面に凍てついた氷が漸く温みの感じられる太陽に溶かされ此処彼処でピーンピーンと気持よいひび割れの音を響かせ始め、うすくなった氷を剝ぐと可愛らしい青い若芽がもどかしげに頭をもたげる様になった。

捕虜達は再び己が身のカラカンダ行を心配しつつ、*シューバーの返納に忙しく作業隊は畠の畝作りの帰りにはうら山から色とりどりの石を持ち帰ってくる。

メーデーの準備である。

此処スパスクは五十年前英国人探検家に依り発見された鋼山があり英人が経営していたが、革命の時総て殺され、彼等の収益は赤煉瓦造りの一、二病棟として残り、あとは精煉所も破壊され、当時のせい況はその夥しい各色の石の様な鉱滓として跡を留めているのみである。

メーデー前に各バラック前の花壇を各種の石で技巧をしソ連的に飾り立てたのがその年のメーデーの入賞者となるのである。

*シューバー　冬用の外套

我が医務室もスターリン万才と赤石でロシア語をはめ込み脇に赤い星をあしらい、鎌とハンマーを黄黒石でと決め、仕事の合間を見ては日独両国でせっせとかがみ込んで痛む腰を伸ばし伸ばし、石を並べていた四月末のある日、*NKVDのルーマニア人伝令が保を呼びに来た。シェシャルクが「人は正しい事はあく迄も押すのだ。捕虜は意思がない。只々自分丈が生きて行こうとする動物だ。保、あわててはよくない。落着いて行って来なさい。屹度何かの間違いだろう」と云うのを保もそう念じ乍ら所内の南隅にある白いバラックに重い足を引ずって行った。両開きとびらの中に入れられると中は二十畳程の広さで中央にテーブルがあり向いにソ連G・P・U将校が腰かけている。壁に大きな世界地図が掲っている。テーブルの左に此間「体が一寸変だがレントゲンをとるのは恐い。死にませんか」と言った金というソ連国籍の朝せん人通訳が腰を下ろしている。将校の真向いに坐らされた保にレニングラード製の金口の巻煙草が与えられ型通りの姓名、国籍が問われ職業を云う際うっかり地所持ちと正直に言ってしまいしまったと思った。「ふん、カピタリスト」。

*NKVD エヌカーヴェーデー
ソ連内務人民部　スターリン政権下刑事警察
秘密警察、諜報機関と統括していた組織

「でも空襲にあって家は殆ど焼けたらしいから今ではほんの僅かしかないと思います」

「君は帝国主義者であり軍国主義者である。日本へは還さぬ、今の仕事は止めさせ炭坑へ行かせる。いい体ではないか。此処で使っておくには勿体ない」。彼の胸間には今大戦の殊勲を物語る各種勲章がいかめしく輝いている。きょとんとしている保に「ロシア語は分らぬのか。君は将校だろう」。金がびん乏ゆすりし乍らもどかしげに「早く返事しなさい」と日本語で言う。保はシェシャルクの言葉を思い起し乍ら「ロシア語は全く知りません」と嘘をついた。金がたたみかけて「君は帝国主義者であり……」と繰返す。「私が帝国主義、それは一体如何いう訳ですか。私は将校じゃありません。カードにかかれている通りの兵隊に過ぎません」「帝国主義とは今迄の君達の軍隊だ。学生ならば解るだろう」。保は乾いた唇をかみ乍ら「私には主義なんか有りません」。之が予て耳にしていた裁判なのか。密告されたのだ。只、密告丈で勝手に裁判され、いい加減な罪名を負わされ甚だしいのは一介の兵隊が中佐大佐の肩章をつけた軍服を着せられ、モスクワへ送られてしまう事があるのだ。

「ではここから逃亡しようと企んでいる人は有りませんかねえ」急に言葉が優しくなる。「差し当り思いつきません」「居たら報告してくれますか」「はい必ず」。将校が「ではこの宣誓書をかき署名せよ」と言う。ちゃんと雛型ができていて収容所から逃亡を企つもの及ソ同盟に対し不実の言動をなすものがあれば直ちに何々という匿名で報告します。ソ連社会主義共和国内務人民委員殿と日本語でかかれた紙片を見せられたその通り藁半紙に書き匿名の空処へ思いついた名前を挿入するのである。サインを拒んで半殺しにあい結局かかせられたと、ある捕虜から聞いていた保は（あとは如何にでもなれ）と喜んで宣誓を書き匿名には「正直」と書き込んだ。「ショウジキ」と将校は妙な顔をしたが金の説明で気に入ったらしく、立上って保に握手を求めた手に水色のいかりの刺青が甲一杯に彫ってあった。

押しつまった暮れの一夜、矢張りフェルチャーオーネゾルゲが、コーカサス作戦に従軍した当時を、覚えた日本語を混ぜて保たちに話したのが原因らしい！　確かその時、用達に立った保が医務室ドアをあけると脇の廊下の暗やみに医務室事務係の赤猿と言うあだ名のシュリンクが立っていた様にも思うが……スパイ嫌疑に問われ、毎日引出されては此室で調べられ、否定し続け調書へのサインも断ったため、遂に一ケ月の重営倉へ絶食同様に監禁され、ひどい脚気になり蒼白な顔で出て来たが決して落胆せずズボンのへムへ巧みに隠している士官になった日、母親から送られた金指環や美しい許婚の写真を保に見せて「ワタシワマダダイジョウブ。カマイマセン」と笑わせ保の住所をすらすら空で言ったが保は彼の住所をうろ覚えて満足に言えずがっかりされたままカラカンダへ発たれた冷い夕べをまじまじと想い起した。

Ｇ・Ｐ・Ｕのバラックを出た保は白い上被りのポケットに両手を入れ考え込んでしまった。（誰かを密告すれば俺の罪は失くなるとしても何の罪に値する事はした事もないし、まして他人を密告なぞ出来るものか。決してするものか。還れなかったら又その時の事だ）

それにしても誰が密告したのだろうか。

あの便所脇にぼんやり午の日差しを楽しんでいる独乙人だって皆からはパン盗人と云われ、毎晩殴られて目の縁を紫に腫らせて医務室へ駆け込み、ブルンクに他人のものを盗らなければ何時でも治療すると云われて泣き出したのを、なけなしのルーブルでルーマニア人から買ったプラウダを煙草の巻紙として分けてやったではないか。それとも去年の夏満州から来た戦犯抑留邦人の某が一寸した怪我で来たのを笑ったからだろうか。ただ一人どさくさまぎれに連れて来られてしまった靴屋の蒙古人が何ともないのに来て繃（ほう）たいしてくれと頼んだのを駄目だとかえしたからだろうか。いやいや斯うした個々の事柄からではない。他人には保は気付かぬが帝国主義的なにおいが身に着いているのを感ずるのだろう。保は、周りの人々のみる事のできない、沢山の目が保を凝っと見張っている様な気がした。「そうだ」あちこちの花壇をせっせと飾りつけている群れをみるともなく眺めていた保はやおら立上って部屋へ戻り軍隊手帳の余白にかいた日記やらつづり方めいたもの総てをペーチカに投げ込んだ。みんな燃えてしまえ。さすがにモーパッサンとドイツ語の本は惜しく六病棟の仲好い衛生兵西口に又返してもらう約束で与えた。西口は保の普段大切にしていた本を手にして驚き「如何したんだい。真蒼だぜ」と云ったが保は答えようともしなかった。

之からは誰にでも丁寧にはいはいと仕事しよう。保は毎週一回木曜の大好きな今日のプリンの昼食も口にしないでそう決心した。敗戦の時保の班長は覚えておけと切腹の仕方を教えてくれた。奉天の忠魂碑の下等で拳銃自殺する兵が大分あったのである。ああしてひたすら燃えきった命は却って幸福だったかも知れない。

万一、内地へ還っても捕虜だった者へは何の情愛も寄せられぬであろう。まして十日毎に配られる*日本新聞では夥しい飢餓者がごろごろしていると報じている。虚構かも知れぬが矢張り敗国だ、捕虜を容れる余地はないであろう。

*日本新聞
ソ連による、シベリヤ抑留者向けに発行された、
ソ連賛美、日本政府非難を目的とした新聞

如何すればよいのだ。喚き度い。だが何になる。

ヒマラヤを越え印度へ抜ける遠大な計画で逃亡した者もあるが一週間許りで捕えられた。カラカンダでは機関車を盗み集団逃亡を図ったが敢えなく坐折した事も聞いている。捕えられれば重営倉で絶食だ。保の古年兵はその為隠し持っていた煙草を食べて飢えは凌いだが心臓を駄目にしたではないか。夫れ程此の生活を忌い愚かな逃亡はしても自殺丈は寡聞にして聞かぬ。こういう生活に追い込まれれば益々生き度い欲望にもえて来るのだ。だからこそ逃げ盗み狂うのだ。以前モンゴリアンに捕われ発狂した金子は着物をさくので裸のまま七病棟の一室に閉じこめられ偶々巡察する看護婦へし瓶に入った汚物を食えと出す相だ。でもまだ生きている。

シベリヤ鉄道沿線の老ばも保の肩を叩いてパパママに又会うまでと水汲の手伝いをして呉れミルクを飲ませてくれたではないか。沿線警備のソ連将校さえ、その子供に赤鉛筆を与えた保に嬉し気に礼を言い、英語で日本の現況を地図を画き乍ら説明し、ロシア語のアルファベットを教えて呉れ、道中気をつけてと励ましてくれたのだ。

ドクターフェルチェンクウは「相手がG・P・Uでは私は何も言えない。だが何でもない事だ。還るまでだ。間もなく還るんだ。ハラショー」。還るまでだ。G・P・Uの事は気にすまい。黙って与えられた仕事をやって行こう。

午下りの窓外をゆるゆると牛の索く水槽車を眺めて保は何故かほっと安堵した。

オーネゾルゲは今頃坑道を支える腐った松杭を気にし乍ら時々ズボンのヘムに手をやって腹這いになり暗闇の坑内で石炭を採っているだろう。

（三）

シュリンクは石の並べ方がわるいとハンツに叱言を言っていたのを止め、保に手をふって「捕虜さ。*ニッチェボー」と言った。

午睡から帰って来た山下軍医に保が事の次第を話すと「こいつはいかんわい。身の廻りを片附けるか」と作業隊が軍歌を高らかに歌い門を入って来又ぞろぞろと患者も訪れるであろうのにあわただしく六病棟の軍医室へ帰って行った。捕虜の行進は思い思いの手に円匙（えんぴ）、鶴嘴を持ち、隊伍も整わず作業場へ行く時はそれこそ牛の歩みより遅く帰る時は一緒に着いて行けず途中で気絶する者が出る位の猛烈な速度なので警戒兵が軍歌を歌わせる事にしたのである。

保は今夜は読み書きも止め、明日のG・P・Uへの返答要領を考え乍ら早々にベッドにもぐり込んだ。十二時すぎ医務室の扉をたたくものがある。ぎくりとした保は

*ニッチェボー
ロシア語：細かいことは気にしない
「どうでも構わない」「大したことじゃない」の意味

とび起きた。カラカンダから自動車が到着すれば夜中にでも炭坑へ送られる事があるのだ。

「作業隊の者ですが田島が苦しがってますからすぐ来て呉れませんか」。田島、つい二日前今迄治療も受けなかった左の中指の凍傷が黒く腐り第一関節から上を切断するのにメスの刃がこぼれていて如何にもならず鋏で千切ったが第二関節まで毒は廻っており嫌がる田島を無理に説き伏せて第二関節も切り落した凍傷患者だ。むっと人いきれが鼻につく作業隊バラックの中をケロ芯の光を頼りにブローム加里の瓶を持ってゆくと着のみ着のままで毛布の上に起き直った顔も洗っておらぬ田島の姿が醜く浮び上った。

「如何したんだ。え」

「痛んで痛んで寝られないんです」。黙って差出す左手の前膊までが熱っぽく腫れ上っている。田島の顔を正視できない。

「明日すぐ入院しよう。之は鎮静剤だ。明日まで我慢しろよ」

不寝番のかゝげたケロ芯の光りにゆらぐ田島は黙って頭を下げた。

頭上に怒る様に星が冷く瞬いている。睫毛や鼻毛がねばつく。失敗だったのだ。軍医の言うまゝアルコール消毒丈でコカインを注射した注射器から指の附根に黴菌が入ったに違いない。何故煮沸消毒しますと反対しなかったのか。あの時は忙しかったろうか。いや夫れは理由にはならぬ。だらしなく自分の凍傷をなおざりにしていた田島が憎かったからか。

ルーマニア人の火の番が大きな斧を腰にして橋を渡ってゆく。

冷くなった軀を毛布に包んだが隣室のブルンクの高鼾、G・P・U将校、田島のゆがんだ顔、保は夜明までベッドの中で輾転(ごろごろ)した。

翌朝作業隊が食堂を出る後を追いかける様に作業隊バラックへ行き田島を抱えて六病棟へ連れ入った。

ふるえる田島の手の繃帯を取るとコカイン注射の四ケ所の附根の穴がすっかり化膿し異様に拡がっている。滅菌ガーゼを差込んだ野田軍医は反対側の穴からそのガーゼを抜き出した。田島の手をささえる保と田島の顔をと見こう見し乍ら野田軍医は「何、大した事はない。あとは引受けた」と軽く言った。

保は全身の力がさっとぬけて行く様だった。さて今度はG・P・Uか。たかが一人の二十三才の捕虜の端くれなのに。作業隊の居残りが五月の太陽を浴びて着肥った雀を捕えて食おうと石を投げ合っている。

山下軍医は何も言わぬ。保も然り。軍医は夜尿症患者に催眠術をかけブルンクを驚かしている。中には入院したさに軍医の暗示前に寝てしまう気の早い奴もある。保は疥癬に硫黄軟膏を塗らせ、自己血清と称する患者の静脈から血を採りその尻に輸血する療法をしている。昼前の一と時ソ連への患者報告を書き、請求薬品を帳面に書いてから食事もせず、独乙人の住む大きな石造バラックの脇を食後の虱とりに余念ない姿を見乍らG・P・Uへと歩を運んだ。金が出て来て「今留守だ。又呼んだら来給え」と両開扉を閉めてしまった。昨晩あれ程返答の言葉を口ずさんでいたのにからかわれている気がし、とぼとぼと三病棟うらの川辺へ佇んだ。楊柳が緑の蔭を和やかにおき鉄柵を隔てた川向うの外国地方人抑留所から楽し気な子供のあそび声が聞えてくる。

去年コメディを演ったあのユダヤ人達は今年はどんな事をして喜ばせて呉れるだろうか。中に女優が居り、クラブの楽屋で保が通訳して日本人画家にポーズをとり画かせたが彼女が何時ぞや喉を痛めて黒オーバーに黒長靴をぴったり身につけ普通の女抑留者には思いもつかぬ白粉―歯磨粉かもしれない―をつけおまけにルージュまでぬって医務室に診断を受けに来、ドクター以外の男は全部外へだされたがオーネゾルゲと保はまあという事になって、ドクターの向い合せに坐った彼女の舌が「舌を」と言うドクターの口調につれて生き物の如く長く長くのびたのに驚いてオーネゾルゲと顔を見合したが帰りしなにウインクされオーネゾルゲに背中を突つかれた事があったが、まだ彼女は彼処にいるだろうか。又保がスパスクへ来た当初ダム工事があり一諸に仕事した大きな石を軽々と担ぎ、保には小さな石を担がせた下手な英語を話すスペインの船乗りや還っても同じだから還り度くない十年も住めば楽しい処さと笑って語り合うポーランド人の一団も。川面に反射する太陽めがけて小石を投げてはその波紋に見とれていた保はヤコの所へ行って見ようと腰をあげた。ヤコはハンガリーの地方人でメゼーと同じく数ケ国語を操る所から鉄柵の中とは云えソ連人同様の生活をしており川向うの抑留独乙人を妻として同棲している。鈑金、陶器、画を業とする捕虜が住む工場の監督である。

ノックすると奥さんは台所で馬鈴薯をフライパンで揚げている。次室のベッドには真白なシーツがかけられ石灰塗りの白壁に日本人画家が画いた彼女の像が掲っている。

「あら、保よく来たわね。今日は閑なの？　こんなお天気のよい日は還り度いでしょ」

「はい。とっても」

「保はまだ学生だったのね。又学校へ行くでしょ。何でしたっけ」「経済です」

ヤコの前妻は去年保がまだバラックに居た頃独乙人帰国輸送で還り彼女は二度目である。

去年の抑留輸送は人数の都合からかのこされた妻、子がトラックへつみ込まれる夫、子供の手を放すまいとすがるのをソ連兵が突き放し、砂ぼこりをあげるトラックの上からの叫びや抑留所の門にしがみつくとりのこされた人々の口からの叫びを、へだてた此処の鉄柵から無言で見守る各国捕虜と一諸に保も鉄柵に顔をひたっと押しつけて眺めていたのだ。

次室からヤコが「おお保さん。如何ですか。今日は恰度いい。ヴィルヘルムが素晴らしい彫刻をしましたよ。見ませんか」。

ヴィルヘルムは入って来た保達に恥ずかし気な笑みを返して次の彫刻にとり掛っている。ヤコが指差す部屋すみにロダンまがいの男女像の大理石が置かれてある。

すばらしいとほめる保にヴィルヘルムはうつむいた儘のみを振るっている。何時かはこの像もソ連将校の官舎におかれるのだろう。

陶器場では鈴木が一心に日毎に少くなる飯ごう食器の補いにと轆轤を踏んで赤土器の碗を造っている。

山羊の骨から作った下痢止の炭をヤコから貰い、工場を出た。

Ｇ・Ｐ・Ｕは一体保を如何しようと云うのだろう。毎日同じ不安、同じ希望の明け暮れをピンセットを持つ手に繰り返す裡に保は不図した風邪から発熱しフェルチェンクウから還れば癒る病気だから病名は分らぬが入院せよと云われブルンク、シェシャルクからも少し休みなさいと六病棟へ入院させられた。

カラカンダとの交通が再開した今では、一週に何回となく送られてくる病人の数は相当なもので、入院者は所見があっても熱が無ければ退院させられるといった世智辛いもので、退院して再び炭坑へ行かせられるのを拒む捕虜たちは、朝夕の検温に体温計を腋の下で摩擦してでも目盛を上げ様とする者が多かったが、保は以前マラリヤで入院した大川が退院後そのまま六病棟附きになっており検温も必ず七度前後に記入してくれ、こっそりアメリカンスキービタミンとカルシュウムの瓶をとどけてくれ、西口からは小さなベニヤ板を貰い下手な詩なぞかいてはガラス片で削る平和な日夜を送る事ができた。

毎日の散歩途中ブルンクは病室の小窓から「保、イカガデスカ」と真赤な顔を突込んで病人達を笑わせた。六病棟は割合軽症者が多いので保が二病棟の臨終者のベッドへ遺言や住所を聞きに行った時に耳にした「死にそこない、早く死んでしまえ」「彼奴はどうせ今晩あたり死んじまうんだ。何を聞いたって分るものか」「助けて下さい。自分はもう死ぬんでしょうか」といった恐ろしい場面は見られなかった。

一日中横になった儘なので早く寝つく者は少く、話も爰（ここ）二年間食物とコックリサンを持ち出して迄の帰国の話も語りつき今では各人の妻子、恋人の事許りである。

保には其様な話が遠い処の物語に思え自分は神経が鈍かったのかなと思ったりした。

ある晩ベッド順に一人ずつ女性の話をする事になり保の番になった時むかしよんだ小説をそのまま語ると「何だ保も普段はすましていても相当なもんや」「何も知らんちゅう顔なぞして」。……とは言われ乍らも毎朝登校途中三田の坂で会うS女学院の制服の似合う日本画から抜け出して来た様な女学生に淡い憧憬を感じ母のもう遅れますよという声にやっと自転車に乗り恰度坂を押上げて行く時出会う様、時間を見計らって出かけたものだった。その人は絹子と云った。齢は保と三つ違い。父親は保険会社の社長である。之は母にねだって紳士録を買い調べたのだ。予科へ行く様になってからは滅多に会う事もなく稀に会っても絹子は自家用車の中であった。ある時微笑んだ様にも想うが左様な時、今男(いまお)は押しさと話合うのを聞くと、下品だなあと思いつつも片隅のベッドから凝っと聴き耳を立てるのだった。

窓外のひまわりが日ましにすくすく伸びて行く。ベニヤ板も次第にうすく、ボロ布をほぐして糸とし手拭に舞妓姿を刺繍するのが流行り出し、ボール紙細工の将棋駒も金、銀、が判然せぬ程廻し使われている。
　ドイツ人楽団が食堂脇、四病棟前でと夕べのプロムナード・コンサートを演る様になった白夜の近づいてくる六月十五日、野田軍医が靴のまま病室へ駆け込み「還れるぞっ」。
「えっ」。保たちは一斉にベッドの上に起き上った。「今度こそ本当なんだ。今犬山君が指揮所へ名前をかき取りに行っている。もうすぐ帰るだろう。君たちは患者だからみんな還れるんだ」。もう之からは体温計を擦らずに済む患者は躍り上って喜んだ中に保の気持は暗かった。（まだG・P・Uの取調は途中なんだ。きっと残されるだろう）
　軈て大勢に囲まれ乍ら犬山君が戻って来てにこにこして名前を呼び初めた。ほう、犬山の名前もあるな患者名儀で六病棟事務をしていたのだ。保は両腕を頭のうしろに組んでそろそろ暗くなって来た病室の天井を見つめていた。知る者、知らぬ者の名前が次々に呼ばれ元気な返事が響く。誰に家への連絡を頼もうかな。

一番最後に保の名前が呼ばれ保は他人事の様に天井に目をやったまま返事した。保の姓はロシア語アルファベットの最後である。「さて還らせて頂くか」。「捕虜だったんだ。還っても団結しよう」。虚ろな騒音をあとに保は毛布をまとい*サボを履いて外へ出た。七病棟裏の畠で一人シェシャルクが日暮れを惜しむかの様にひまわりを丹精している。

「ドクターシェシャルク」

「おお保、何」

「ドクター、私は明後日国へ還ります」

シェシャルクは見る見る中に涙を一杯にじませ、固く保の手を握りしめ、左手で保の肩をぐっと摑んだ。

「保、保、おお保。よかったなあ。還るんですか。よかったよかった。あなた方はもう一度新しく出発するんだ。私たちはこの畠をあと数回種子播き収穫しなければならない。ムッターが嘸驚(さぞ)くでしょう」。あご髭のないあごを少時撫でていたシェ

*サボ　サンダルの様な履き物

シャルクはうつむき加減に言いにく相に「保、あの若し出来たら私の故郷へ手紙を出しては呉れまいか。年老いた両親は地球を半廻りしてきた便りに嘸(さぞ)かし驚くだろう。そして喜ぶ事だろう。何しろ山の中だから」。必ずと返事した保にシェシャルクはポケットから紙片を出し細い鉛筆で住所をかいて渡し「空で覚えて下さい。ソ連兵は書いたもの一切を取上げるだろうから。さあ之でお別れだ。私は見送らない。手紙出すの忘れないで下さい。幸福に」。シェシャルクは木のバケツを取上げ夕闇の中を医務室へ帰って行った。

　翌日今迄ベッドにねていた病人も皆起出し、朝食もろくにせず身の廻りを整頓し炊事場のペーチカへは不要品が次から次へと投げ込まれた。保は起きられぬ背椎カリエス患者へ配られた水色の独乙軍服の双頭の鷲章を取り外してやっていた。中には帽子は独乙、上衣は日本、ズボンは独乙、靴は独乙、山岳部隊のスキー靴が与えられ思案にくれる者も居た。

　とブルンクが病室には高すぎる背をかがめて、ぬうっと入って来ていきなり保に抱きついた。

「保、ゼーアシェン。今度は独乙で會いましょう。嬉しいでしょう。ブルンクは此処からあなたの幸福を祈ってますよ」

「ダンケ、ドクター、又会う日まで」。保は強くブルンクの手を握りかえした。ブルンクも見送りには来ないのであろう。
十八、十九両日に分れ帰国者はいそいそとソ連兵のよみあげるカード順にトラックに乗り込み、再び帰らぬ門から勢よく走り出ていった。

大川と仲好かった落盤で両膝下を切断された渡辺は単独歩行者以外は次回の輸送に廻されたため、色白の美しい顔を枕に伏せて横になっていたが、大川の還る様子を見度いと十九日に出発する事になった保に背負われて小窓から次々に出てゆくトラックを眺めていたがそのうちに熱い熱い涙が保の頸筋に傳わり出した。

低い嗚咽から保の両肩をむしりとる様に摑み背中に顔を伏しての慟哭へ高まって

ゆく。保の背筋を幾条もの涙が熱くそして冷く尾を引いて流れて行く。背中へ廻した保の両手に両脚のない膝の丸みのふるえが鈍く重く觸れている。

十九日朝、背椎カリエス患者に頼まれ雑嚢の整理をしてやる。何日来るか分らぬ次回輸送に廻された事をまだ知らないのだ。

「保さん、自分は担架で還るんですか」。息をはずませ顔を輝かせて問いかけるのだ。予備役であろう子供は二、三人あろうかと思われる中年の人。「途中で皆さんに御迷惑掛けるのは済みませんけど。併し」

あと数時間でカードから除外される事がはっきり分るのだ。だが当人は還れると思っている。今保が言うべきか。いやだ。

外ではまだ整列号令がかからぬのに隊伍正しく並んでいる最後へ保も毛布を肩にしてついた。

山下軍医がキニーネや下痢止の入った小さな鉄力(ブリキ)を呉れた。カード毎に一人ずつトラックへ乗ってゆく。G・P・Uから保、待ったと云いに来たら……。

何事もなくカードのなかった二名の結核患者丈を残してトラックは動き出した。

ブルンク達、みんなよ、さようなら。

× ×

晴れたカラカンダ街道を二年前とは逆に駅へと急いでゆく。鈴木の造った土器を割るまいとしっかり手にして。

振返る保の目に数多の土葬者の瞑るなだらかな丘がくっきり青い。点在する包頭、駱駝を連れたジプシーとすれちがう。見渡す限りの草原。数時間後石畳のカラカンダ街に入る。

炭坑のボタ山が見えモーターの音が耳につく。坑道から出て来た日本人が真黒に煤けた顔で柵際へ駆け寄り手をふっている。やがて長く連結された木造貨車の続くフォームへ降り立った。四十二輌連結の中間車輌へ野田軍医の依頼で乗る。車内は上下を二段に仕切り前部下段に思いがけぬフェルチェンクウ、上部にマリア、ニーナ、リーダが居りニーナ達の前には敷布のカーテンが吊してある。ドクターとマリア、リーダは保たちの附添い、ニーナは故里イルクーツクへ帰る為の便乗である。後部は野田、保、大川、食事当番が席を占めた。

午後五時頃韓国人通訳朴へ連名の感謝状を呈出し出発した。

ペトロパブロフスクに出てシベリヤ鉄道本線に入ると列車は俄然速度を上げ木造車ではこわれてしまわないかと思われる程、それに発車の際の乱暴な事、碗のスープが全部こぼれてしまう事すらある。機関手は豚の輸送位にしか考えて居らぬのだろう。

総輸送指揮官は軍医上級大尉で五尺七、八寸の眼光鋭い癇癪持ちで、停車時、事毎に夜の隙間風に悩まされて坐骨神経痛になった爺さんドクターフェルチェンクウに当るのである。初めは弁解するが怒鳴られると爺さん段々と後退りして穴熊の様に「はいはい」と返事はし乍ら車内の彼の席にもぐり込んでしまうのである。颱風一過すると爺さんは保達を呼び穴の中から「私は二千人からの生命を預っている。あなた方は直接彼等の世話をしてやらなければならない。あなた方の仕事は港迄なのだ。私は又帰り報告し又附添って行かなければならない。もう少しの我慢だ、一心に働いて貰い度い」。

マリアは毎食時炊事車へ行き検食し、車内に草を敷かせる。

彼女の夫は反スターリン派として検挙され流刑されたが未だ行方が知れず、故郷ウラジオストックを離れハバロフスクに来た彼女は夫がカザフ方面に居るらしいと聞込み、看護婦となってカラカンダへ移ったが、夫は見当らず止むを得ず再婚はしたものの息子にとがめられ、今の夫とは別居していると、六病棟へ巡察に来た時涙ぐんで話した事がある。

彼女は又野田軍医が薬調合を誤り病人を錯乱させ重営倉へ入られた時秘かにパン、バターを差入れた逸話の持主でもある。齢の頃は四十前後小しわの多いマリアではあるが、歌手になろうとしたと自身言う丈あって美しい声量を持ち、希むが儘に歌ってくれるソプラノに爺さん以下うっとりと聞入り、長い旅の徒然を忘れるのであった。

リーダは薬配給係。ニーナは帰る嬉しさで仕事は全くせず保たちと乾パンを食べ散らし、自身の塗面の様な着色写真を見せ、ほめられるのを喜ぶ少女である。マリアは足を投出しパフで頬を叩きながら手鏡越しに時々上目使いで後部ではしゃいでいるニーナを見つめる。野田軍医が「ニーナさん、マリアさんが怒ってますよ」と注意してもニーナは茶木綿靴下の両踵の穴を繕おうともせず澄まして「構わないわ」。

夕暮ともなればリーダの色褪せたガーネットのワンピースも夕陽に美しく映え長い髪が気持よく吹きこむ風に流れている。

布団に仰向けになっている保の耳に柔い単調な絃の音が車の振動を通して響いて来た。穴から流れてくるのである。覗き込んだ保に爺さんは微笑んでその楽器を手渡した。胴の無いギターの棹に音階調節の捻子もなく六絃をつけたものである。恐らく四病棟ドクターのギターに眩惑させられた彼が木工場に造らせたものであろう。

「保、何か弾いて下さい」

停車。野田軍医の回診、大川が注射器をもって後をついて行く。保は車内で薬函をかき廻し治療を始める。各車輛の桶が炊事車へ集る。リーダは薬を取りに警戒車へ行く。マリアは炊事釜からスプーンでスープをすくいあげる。爺さんは神経痛のため、気鬱々として娯(たの)しまず穴で食器をスプーンで叩きならして食事を待っている。

爺さんスプーンを置いて神妙になった。大尉が来たのである。「マーリア」、今日はマリアだ。炊事車から駆けつけた彼女へ早口で怒鳴って行った。炊事に何か欠点があったのだろう。彼女は自身の毛布へ上ってわっと泣き出した。食事は塩付け羊肉の浮いた白米スープに甘い稗がゆと白乾パン。穴から「同志マリア、この食事は非常に宜しい」と独り言の様な、呟きがもれた。爺さんは同意を求めるかの様に保に笑いかけ、のこのこ穴から這い出して机の上においてある治療簿を手にとった。列車が動き出してから書入ようと投薬欄を保は空白に残していたのである。

「保、あなたは旅行がすめば此の仕事はやらなくなる。私は一生しなければならない。斯んな不真面目では責任は果せない。ニーハラショー」

オムスクの街を眺めて賑かに話合っているリーダ・ニーナが羨しい。野田、大川、は戻って来ない。他の車輛へ乗っているのだろう。悄氣(しょげ)た保に憧れた瞼のマリアが「善い子供―彼女には保と同齢の息子があり名前を覚えぬままに子供と呼んでいた―私はあなたがよく働くのを知っていますよ」。爺さんむっとして穴へ入ってしまった。

「子供、皆が居ない時食べなさい。肥って還るんでしょ」と食器一杯のバターを手にのせてくれた。

白樺、落葉松、蝦夷松、白楊（はくよう）、牛馬の放牧、樹河、ウラジオストックへの里程標の数字が次第に減じて行く。

数日前から大川が夜になると抱きかかえて看病していた、もと小学校教員の膿胸患者が茶紫色の汁を吐く様になり、爺さん、野田軍医協議の末軈（やが）て近づくノボシビルスクで入院させる事になった。とっぷり暮れた夜、警戒兵の担ぐ担架に移された教員は蒼白な顔を無理に綻ばせ嘔吐を続け乍らも野田軍医に今迄の礼を喘ぎ謝し、運ばれて行った。野田軍医は大川、保に言った。「今夜あたり臨終だろう」

短い夏に咲き誇ろうと競う赤黄の高山植物の続くお花畠、女線路工夫の合唱し乍ら家路を辿る逞しい姿、夜は医務車以外は蠟燭はなく車輪軸受からしぼり取った油布を点（とも）して振動に揺れて大きな蛍の飛び交いを眺めて眠り行くのである。

間もなく山腹をう回してループ式にシベリヤ山地へ入ってゆく。こんな処にと思われる様な部落をはなれた処にぽつんと日本の伐採隊が宿舎を営んでいる。

停車するとソ連の男女、子供が手に手に空缶、帽子を差出し、「パンを、スープを」と叫ぶのである。

河に高く架けられた鉄橋を渡る。リーダが髭を剃っている保に「エニセー河」と教えた。

イルクーツク。木のトランクを提げたニーナはふり返りもせずさようならと人混みへ消え去って行った。線路脇の水道でシャツを洗った保は降りる事もできずバイカル湖警備の海軍々人やシベリヤで初めて見る絹靴下にウェジソールを履いた婦人達に車内を覗かれる度に裸の自分に赤面した。

遠く雪を戴く連峯のかすむ海の様なバイカル湖。世界最深の湖と云われるこの湖の偉容に保たちは深くうたれた。湖畔バイカル駅で大川は腕時計とバターを交換して保はたばこの捲紙代用にバイカル新聞を買った。

満州から凱旋するソ連兵を満載した列車と擦れ違う。彼等は月桂樹こそ飾っておれ保たちと同様な茶色の木造貨車に乗っていた。

汽車の旅になれた保たちが車外に身をのり出し沿線の人々に手をふり景色に見ほれるのを気にした爺さんは穴から這い出して長椅子を机の前にしつらえ「どうぞ、此処へ腰かけて眺めて下さい」。腰かけて歌い笑うソ日両国人に穴から声が掛る。「保、保、あなたの頭が邪魔で外がよく見えないから少し右へ傾けて下さい」。爺さんは思出した様に治療簿を眺めマリアはたばこをすい、歌をうたいリーダはヴィタミンをつまみ食いし野田は回診、大川は注射と繰返して走ってゆく。

ハバロフスク手前で引込線へ入り百名単位で一晩かかって入浴し新しいシャツに着換えた。

港ももう間近い。ウラジオストック外廊の山間の単線を徐行してゆく。

海、二年ぶりの海。磯の香に満ちた爽かな風が故国の夏を思わせる郷愁となって軽ろやかに甦えらせる様に顔を撫でて流れてゆく。

海岸へ降りた保はくずれる様に砂浜に坐ってしまった。ああ凪いだ波、優しく抱擁する柔い砂。

七月九日、港ナホトカ着。

「之が海だろう」。「そうです」。「大きなものだ。あの向うに日本そして東京。もうすぐだね。保」と爺さんはつえをついてじっと彼方を見つめたまま言った。

港では第一、二、三収容所に別れ夫々自ら最後の引揚船で還る事を決議した大和隊と称する突撃隊諸兄の指導を仰ぐ。

第一では日本新聞社の演説を二日聞かされ第二では宿舎建設の煉瓦運搬の器を担ぎ、あとから此処へ集結する乗船者のため天幕に寝起きして宿舎を造り作業成績が悪ければ残すとおどかされて作業している。ある日の日中、町でマリア・リーダに出会った。痛々し気に保をじっとながめたマリアは「子供、元気でね。さようなら」、列車内で「若し日本へ還っても困る様だったら私たちの処へいらっしゃい。ロシアはこんなに広いんだから」と言ってくれたマリアに畚（もっこ）を担いだまま「さようなら」と頭を下げた。又此処は摘発する事が行われ現在歸國者は下士官、兵に限られているのに時折将校も送られてくるのを摘発し所謂反動主義者をも摘発して再び送り返すのである。同行三名の准尉の中二名は第三から姿を消して行った。第三は税関でロシア語新聞、給料として与えられていたロシア紙幣も引揚げられた。

此処では仕事はなく船を待つ間、ラジオを聴き映画を見せられる。

七月十九日、毛布のみ抱えて山を越え岸壁に碇泊している塗装の剝げた日の丸の国旗が妙に鮮かな貨物船恵田丸のタラップを上る。まだソ連領である、若しやG・P・Uの追手の目が背中に従いてくるのではないか。タラップから降されたらと不図脳裡をかすめる。

岸壁に働く日本人に別れを告げソ連砲艦に水先案内されて恵田丸は湾口へと向う。

―あとがき―

保から約半年おくれて帰国した西口から渡辺が死んだ事を知った。渡辺は単独歩行のことばに励まされて、第一病棟に移り、厳しい外科ドクターヴォルフの刺す様な眼光の下で、如何しても還り度い一心から、長い一病棟の廊下をカタコト短い松葉づえの音を立て乍ら、転んでは起き、歯をくいしばっての努力からヴォルフも驚いたほどの短い時日で歩ける様になった相である。当時流行っていた手拭刺繍をマリアへ贈ろうと丹念にはじめ、凝りすぎた為であろうか肺結核にかかり、三病棟にうつされて三日目に急死してしまったのである。渡辺は福島県下の母ひとり、子ひとりの家庭であった。

大川はその母親を訪れ、西口は今なお文通し、渡辺の恥じらう様な笑みを湛えた写真を大切にしている。

患者帰国後、スパスクはソ連砲兵隊の兵舎となり、捕虜たちはカラカンダ炭坑へうつされた。ドクターシュミットは還ったらしい。ブルンク達は、聞ける限り尋ねてみたが、その消息は杳(ヨウ)として分らぬままである。(完)

遠涯　について

父が遺した本篇は、彼自身のシベリアでの2年間の捕虜収容所での実体験を元に、昭和26年、父の勤め先の社内報創刊号から3回に分けて掲載された。

捕虜収容所で出会ったオーストリア人医師、ドクターシェシャルク、ドイツ人医師ドクターブルンクも無事帰国、その後生涯の友人として毎年クリスマスには、父とカードと贈り物を交換し合っていた。幼い頃の私は、父の収容所での苦労など知る由もなく、毎年のクリスマスが楽しみだった。

本作を書いたとき、父はまだ二十代の半ば。亡くなった多くの仲間のためにも父は大事に生きなくてはいけないと話していた。その胸の内を、本篇冒頭のR・M・リルケの「マルテの手記」からの引用に重ねている。大好きなベートーベンの後期弦楽四重奏を聴いているときはきっと経験と記憶の中に在って、そこから促しもはじまりもあったのだと思う。

父は1925年、大正14年9月、東京府麻布区山元町（今の麻布十番）で矢田家長男として生まれ、上に二人の姉がおり、下にはのちに生まれた妹がいた。善福寺幼稚園、東町小学校を経て、京橋商業に進むも、第2次世界大戦の足音が近づいていた頃で、京橋商業の校長先生から、「君は一人息子だから、このままでは戦争に取られてしまう」、と慶応義塾商工学校への転校を勧められ編入学をした。ここで上野健一郎氏、古木慶久氏という、その後生涯の親友となる二人に出会う。しかし、慶応義塾予科、そして大学理財科（今の経済学部）に進学するも昭和20年2月、学徒出陣として招集され、世田谷三宿の陸軍兵舎に集合、高射砲部隊として満州に出征した。高射砲といっても敵の飛行機はずっとその上を飛んでいて、弾が届かないんだと聞いたことがある。

昭和20年8月、ソ連侵攻、同月30日満州でソビエト戦車隊に包囲され捕虜となる。満州の仮の捕虜収容施設を経て、貨物列車に乗せられ、ずっと風景の変わらない大平原を西へ西へと運ばれていった。

本篇にあるように、大学でドイツ語を学んでいたことで、捕虜収容所の医務室の助手となって、凍傷や病気で運ばれてくる患者の治療に否応なしに携わる傍ら、朝、起きたら、両隣で寝ていた仲間が凍死していたこと、極寒の中、便所は収容所棟の外にあり、糞尿が凍って積み上がり、それをのみと金槌で砕いて崩したが、着ている衣服に悪臭がつき、作業のたび、仲間が近寄らなかったこと、収容所には妻に密告されて収容所に入れられたソ連人もいたことなど話してくれた。恐怖、心痛、諦念を引きずりつつ2年間、国籍を越えた収容所仲間と共に在った。

日本人捕虜仲間の本国帰還を見送り、諦めかけていた帰国が叶うことになった。しかしタラップを登り、船内に入るまで、いつソ連兵に引き戻されるか、日本に帰れることが信じられなかった。

しかし父は日本に帰ることができた。22年夏、ソ連からの引揚げ船は、京都舞鶴港に着き、日本の地面を踏んだ父は農家で馬の草鞋をわけてもらった。道中、生家のあった麻布界隈は空襲で焦土と化したことを聞いた父は世田谷赤堤の叔父の家に向かった。玄関に立つと、そこに母親、そして姉がいた。でも父が最も慕った年長の姉は終戦直後、既に他界していた。

帰国した父がまずしたことは、収容所にまだ残る日本人捕虜の仲間からの伝言をその家族に手紙で知らせることで、父の死後、書斎の奥の紙箱に、捕虜のご家族からのお礼の手紙の束を見つけた。宮城、愛知、福岡、長崎、島根、静岡、東京都内など全国各地にわたる。

オーストリアのドクターシェシャルク、ドイツのドクターブルンクらとの生涯の文通と、復員後、再開した中学以来の親友、上野氏、古木氏は、父の人生を照らす光であり続けた。これら友人の名前を生前、何度聞いたことだろう。それが父の命を救った、彼の持つ根っこのように思う。

自ら本の虫と言っていた父は亡くなる直前まで、漱石、リルケ、サンテグジュペリやアランから現代作品に至るまで読み続けていた。彼の遺した横浜の実家の本棚は週末に通い、整理した。夏目坂近くの古本屋にも数千冊引き取ってもらった。ページに挟まれたしおりの場所や貼り付けられた付箋に、今その本を手にした私へ、死んだ父が伝えようとしてくれた思いに気づく。そこに父がいる。

そんな父に、「遠涯」、本にしたよと言ったら喜んでくれるだろうか、本棚から見つけた本稿を手に、出版社を訪ねた。今、この本を手にして下さっている方々に心からお礼を申し上げます、そして皆様一人ひとりの何かに触れ、未来につなげてもらえたら。

今回出版にあたり、幻冬舎ルネッサンスの皆様の出版に至るまでのお力添え、アドバイスに心より感謝申し上げると共に、出版にあたり応援下さった、父の生涯の親友、故上野健一郎氏のご子息、上野健彦氏に心よりお礼を申し上げます。

世田谷経堂にて

お父さん、本、出来上がりましたよ

二〇二三年三月

矢田 重吉（やだ　じゅうきち）

1925年（大正14年）9月東京麻布区山元町（現在の麻布十番）生まれ

慶應義塾商工学校を経て慶應義塾大学経済学部卒

1947年（昭和22年）7月ソ連より帰国後、神奈川県の自動車販売会社に奉職。

妻良子と一男一女の父。2019年（令和元年）6月横浜にて没

遠涯（えんがい）

2023年4月27日　第1刷発行

著　者　　矢田重吉
発行人　　久保田貴幸

発行元　　株式会社 幻冬舎メディアコンサルティング
〒151-0051　東京都渋谷区千駄ヶ谷4-9-7
電話　03-5411-6440（編集）

発売元　　株式会社 幻冬舎
〒151-0051　東京都渋谷区千駄ヶ谷4-9-7
電話　03-5411-6222（営業）

印刷・製本　中央精版印刷株式会社
装　丁　　くらたさくら

検印廃止

Printed in Japan
ISBN 978-4-344-94296-7 C0095
幻冬舎メディアコンサルティングＨＰ
https://www.gentosha-mc.com/